ratos no jardim

Coordenação editorial Sálvio Nienkötter

Editor executivo Luiz Fernando Rosa

Editora-adjunta Francieli Cunico

Foto da Capa e Ilustrações Gustavo Nishida

Capa Cintia Belloc

Projeto gráfico Isadora M. Castro Custódio

Produção Cristiane Nienkötter

Dados Internacionais de Catalogação na Publicação (CIP)
Angélica Llacqua CRB-8/7057

Nishida, Gustavo

Ratos no jardim / Gustavo Nishida. --

Curitiba : Kotter Editorial, 2021.

114 p : il.

ISBN 978-65-89624-73-8

1. Contos brasileiros I. Título

21-3356 CDD B869.8

Kotter Editorial
Rua das Cerejeiras, 194
82700-510 | Curitiba/PR
+55 41 3585-5161
www.kotter.com.br |
contato@kotter.com.br

1ª edição 2021

À Helô que primeiro leu meus textos, dedico com amor estes minicontos.

Mas, ou muito me engano, ou acabo de escrever um capítulo inútil.
(Machado de Assis, *Memórias Póstumas de Brás Cubas*)

Agradeço à Helô pelo incentivo nas minhas produções; pela leitura atenta e minuciosa e generosa de Adri Baldini, Cristiano de Sales e Denise Mazocco; ao seu Isamu pela influência nos rabiscos; aos amigos de Os Retrofoguetes pela inspiração sonora; e ao Luiz Fernando Rosa pela atenção durante todo o acolhedor processo editorial.

Na falta de um termo melhor, estou chamando essas narrativas de minicontos. Em outros momentos, já me rotularam como "outra coisa". Talvez porque não soubessem desse termo, ou porque seja outra coisa mesmo. Sei lá. Na verdade eu gostaria de chamá-los de nanocontos, pra dar um ar *high tech*, século XXI pandêmico. Mas miniconto está de boa medida. Afinal, acho que sou um contista menor. Logo, um minicontista: nem contista, nem poeta, nem haikaísta, nem cronista. Narrativas despretensiosas: trechos aleatórios da vida urbana que cabem na página de um livro de bolso. Só isso.

Prefácio

CONTAR, EDITAR

Cristiano de Sales

Gustavo Nishida chama seus escritos de minicontos. Eu dispensaria esse prefixo qualificador, não por entendê-lo como um falseamento de humildade, coisa que, certamente, passa ao longe das necessidades desse multiartista (músico, fotógrafo, escritor), mas por entender simplesmente que a brevidade dos contos em *Ratos no Jardim* tem a ver com a percepção sensível da interrupção. São contos, simplesmente. Escritos que vão conversar com a tradição da qual Rubem Fonseca foi mestre. E se lembro do saudoso autor de *Feliz ano novo*, é porque tem algo na escrita deste livro do Gustavo que faz lembrar as tomadas de cenas do escritor que revigorou nossa narrativa lá nos idos dos anos de 1970. Refiro-me ao modo como Rubão (um amigo gostava de chamá-lo assim) arejou a narrativa curta – e também a longa – impregnando-a de coisas do cinema e dos escritos policiais.

Eu poderia dizer que, por ser também músico e fotógrafo, Nishida escreve como quem ouve e fotografa muito bem. Mas, no dinamismo de seus contos, a fina observação plástica das cenas (o fotógrafo) e a qualificada percepção sonora (o músico) atuam juntas em breves esquetes. E estas transbordam o cotidiano mais aparentemente patético em tiradas muito bem-humoradas, sem deixar de chamar o leitor para alguma reflexão sobre o mundo ordinário. É nisso que vejo a boa herança não apenas do mestre que reinventou o ritmo do conto, mas também de outros que se esmeraram, para nossa felicidade, na narrativa curta. Falo de Dalton, Sabino, Sérgio Sant'Anna e outros.

Tem neste livro sempre uma fumacinha de cigarro que faz encolher o olho de quem, à espreita, captura a matéria ordinária que dá espessura à cena. Mas esse observador ganha contornos de *flâneur* parodiado, pois há nele, sim, a sensibilidade de quem desacelera para observar, mas há também, nesse observador, a consciência de que dali não sairá uma grande arte (contrário do que sugeriu Baudelaire). Talvez porque esse não seja o convite contemporâneo à escrita de Nishida e de outros que estreiam na literatura ficcional em tempos ermos de belezas extraídas do lugar comum.

Tem também em *Ratos no Jardim* o desajeitado, o despenteado, aquele que não sabe mentir direito, ou galantear, aquele que sofre, mas também pratica, aquilo que, há 20 anos, não era *bullying*. E ainda, tem aquele que tenta escrever. Aliás, esse personagem é recorrente, e tudo isso nos aparece contado por quem posiciona bem a objetiva da câmera e os microfones. Daí a menção aos bons contistas que simplificaram a linguagem e inspecionaram as fraturas morais sem ter de recorrer a grandes dramas, ou malabarismos de qualquer sorte. Nishida conta como quem edita o que já acontece. Faz parecer fácil. E sabemos que não é.

A parte final do livro está reservada a uma cômica narrativa de espionagem organizada em (pequenos) capítulos cujos motes, indica o próprio autor, estão nos temas musicais de uma banda ainda não muito conhecida. Na trama dessa novelinha, novamente, Nishida demonstra que sabe conduzir uma sequência.

SUMÁRIO

ARTISTA

- Onde você vai com isso?
- Ora! Não vê? Vou escrever! - estendeu o beiço dando de ombros balançando e quase caindo a máquina de escrever.
- Escrever o quê? Tá loco?
- Arte, meu!
- Mas à máquina? Em pleno século vinte e um pandêmico? Sei, não. Cê tá hypster demais.
- Quê hypster o quê! Aqui é cachaça! Cigarro! E máquina de escrever!
- Você não bebe. Não fuma. E não sabe bater à máquina.
- Mas sabe como é. O ruído dela inspira ...
- Inspira a mãe meter a mão na sua cara.
- Tá loco! Vocês são só balde de água fria.

BENEDITO

O cara parou o movimento de beber café ao ver o piá chegar na mesa. É aquele momento que existe só pra esfriar o café. O menino com sono ainda. Pijama de roupa esgarçada mostra o cofrinho e uma ereção baixando. Fez um joia acompanhado de um rosnado do tipo "bom dia". Mas podia ser "o que há de bom". Ou "vaza, velho!". Voltou pro quarto arrastando o pé no chão. A meia desliza e encarde. Nem DNA é preciso, Capitolina.

CARA DE PAU

Nove horas da noite. Aquele barulho de metal, barro e madeira da chave caindo no potinho sobre a mesinha. Um voz da cozinha corta o silêncio:

- Não responde o celular, não?

Diz não. Calmamente. Chega na porta da cozinha e encosta no batente. Tava sem bateria:

- Avisei que hoje tinha happy hour do escritório.

- Como foi?

- Galera deu bolo. Só fui eu e a Silvinha.

- Ah é?

- Coitada. Terminou com o namorado. Fiquei lá ouvindo. Esses homens ...

- Sei.

A mulher desliza na direção dele. Ajeita a gravata levemente torta e fala beijando:

- Célio, você é um cara de pau.

DALTON VADER

"Amor, diz que ali mora o Dalton". O menino no banco de trás olha aquela casa sinistra de esquina. Frio na espinha. "Conheço um cara que disse que sempre via ele passando e ainda perguntava as horas pra ele". A esposa e o menino ouviam. A mulher sabia de tudo isso. O guri não entendia.

- Ele é do mal, pai?

Pai e mãe se olham no banco da frente. Sorriem.

- Que casa mais feia! Você já viu ele?
- Não. Só foto.
- Ele tem filho?
- Não sei. Acho que não. Solitário, sabe?
- Sei não. Esse cara parece do mal. Quase ninguém vê. Tipo um Darth Vader que não aparece.

Pai e mãe sorriem no banco da frente.

- E se ele tem um filho por aí? E o filho não sabe que é filho dele?

LOBO MAURO

Entrou saltitante na farmácia. No balcão, Mauro levanta a sobrancelha. A menina, de forma ágil, pega um pacote de absorvente e vem pelo corredor. Deslizando. Mauro olha e sorri um "só isso?". A menina seriamente resmunga um "uhum".

Ao pegar o pacote pra passar na máquina, esbarra na mão dela. Ela não gosta e diz que é no cartão, pra encurtar a interação. "Me dá que eu coloco pra você", falou Mauro.

- Esse cartão não é com chip. Se quiser, eu passo em você. Troxa.

Saiu saltitante da farmácia.

SILVINHA

- Olha, sabe o que você precisa? É viajar. Passar um fim de semana fora. Curte montanha? Pega um hotel fazenda. Lareira. Banheira. Massagem. Piscina aquecida. Essas coisas, sabe? Comer bem. Tomar vinho. Café da manhã na cama. Não tirar o prato da mesa pra não lembrar daquele tosco. Sabe? Cuidar de você. Se amar. Deixa eu cuidar de você. Eu? Eu não. Alguém. Desculpe. Tenho até um lugar pra indicar. Fui faz tempo. Me dá seu celular que depois te encaminho. Tinha uma noite que o jantar era fondue. Meia luz. Som baixinho. Lugar pra ir acompanhado. Sabe?

Sorriso de canto de boca pega no joelho dele e debruça o decote falando baixo:

- Célio, você é um cara de pau.

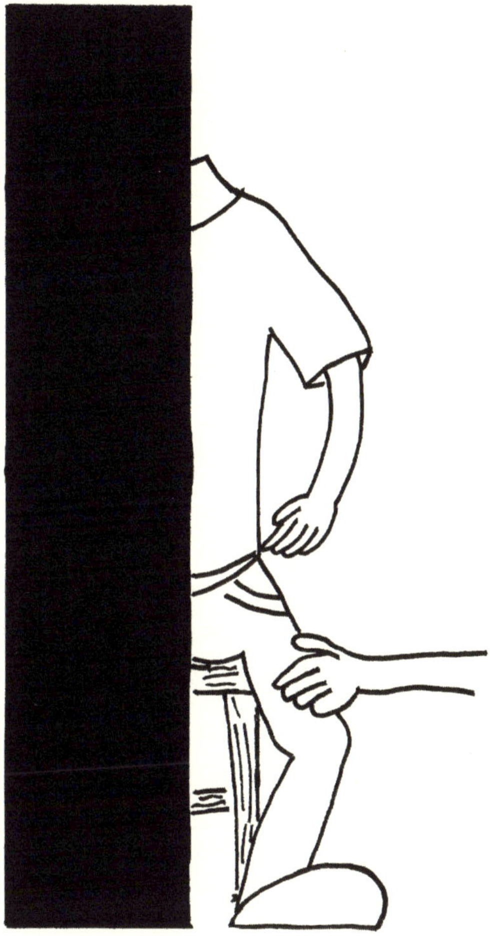

SACO CHEIO

Na sala do terapeuta ela respira fundo após dois minutos de silêncio perturbador. Pro terapeuta.
Tô de saco cheio. Tô aqui pra cuidar de mim e com culpa de estar aqui. Aquele idiota já me mandou três mensagens antes mesmo de eu chegar aqui. Cadê a fralda? Na volta traz pomada. Não demora que eu já estamos com saudades! Ah! Vá se fuder. Enquanto você atrasava a consulta, minha mãe mandou recado falando que tava indo lá ajudar porque sabia que ele não era muito bom com criança. Agora ela vai é passar o dia lá. E lá vou eu ter que fazer janta pra um adulto a mais. Fodeu com tudo. Essa galera é foda. Queria férias. Queria ficar sozinha. Mas é impossível. A culpa acompanha. Tô de saco cheio.

PROFESSOR

Atrasado pra aula, entrou vestindo um sobretudo e carregando uma pasta de couro. Pediu desculpa com a cabeça e com a mão e se dirigiu à carteira vazia. Do lado, uma moça o reconhece. Manda um "oi, professor". Ele faz cara de que lembra dela. Não lembra. Mesmo parecendo inesquecível. "Aula de fotografia? Que que um escritor quer com isso? Deve ser pesquisa pra um próximo romance". Miserável! Na mosca! "Logo descobrem seus objetivos e ninguém vai te entregar o ouro. Vão começar a fingir". Retrucou um "ninguém consegue fingir ser outra coisa num curso de 45 horas".
Só os professores. Pensou.

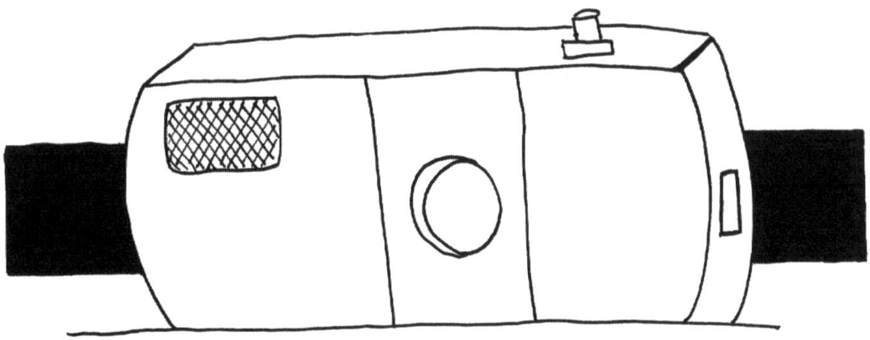

PIXO DE PIROCA

- De novo! De novo! Se eu pego, eu capo esses malditos.

O filho ri de canto de boca. Com respeito. Melhor cortar o pão e pegar uma xícara a mais de café.

- Por que desenhar essa coisa horrenda no meu muro? Já apaguei 5 vezes. Cada vez maior e mais cabeludo. Esses lazarentos estão ficando cada vez mais ousados. Você acredita que vi um igualzinho a duas quadras daqui? Vou colocar uma câmera. Ah, vou!

- E se você deixar lá, mãe? Deixar pro tempo apagar.

- E eu vou morar na casa do caralho? Cê tá é loco!

O velho entrou e disse um "bom dia" seguido de "que animação é essa". O filho explicou. A mãe indignada com as mãos na pia e cabeça baixa. O pai aproxima, beija a testa dela. Aconchega a raiva dela. Com uma mão no ombro dela, faz um silêncio para o filho. Ele adora ela nervosinha.

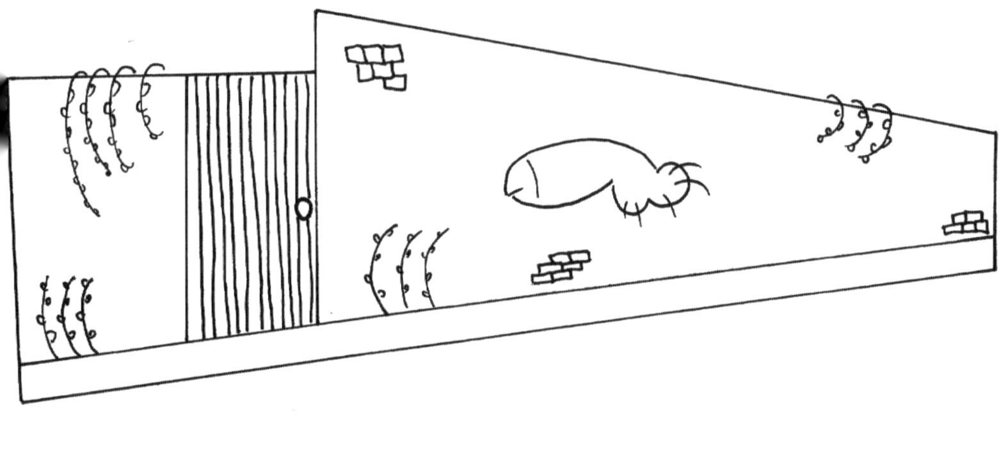

SABIÁ COM INSÔNIA

Já eram quinze pras três da manhã. O trem já havia passado e apitado. Só uma moto e outra insistiam em gritar noite adentro. Essa calmaria foi interrompida pelo canto de um sabiá. Bem debaixo da janela do casal.

- Sério? - indagou a esposa.

- É um sabiá com insônia.

Ela rio. Ele sempre falava coisas assim.

- Sabia que ...

Quando ele começava uma frase com "sabia que" era certo que a conversa ia durar por pelo menos mais uma hora. E meia. Deixou ele falar e ficou só no uhum. Às vezes ela se esquecia que ele a havia conquistado na sonolência.

DECLARO QUE ESTÁS LOCO

Aquele lugar cheirava a cigarro. Penumbra na sala de espera. A secretária chama o cara pelo nome e indica a sala do doutor: cotovelos sobre a mesa e perna do óculos apontando para o corredor. Mais escuro ainda.

- Todo bem? Que trae você aqui? - cortava o silêncio uma voz com sotaque argentino.

- Tudo. Vim para uma consulta porque tenho que entregar uma declaração psiquiátrica para a minha admissão no emprego.

- Sêrio? Cada cosa que piden!

- Pois é ...

- Qual a ocupaçom?

- Professor.

Puxou um bloco e fez uma declaração à mão. Fez uma pose no melhor estilo "querido diário". Narrou o que não se escrevia:

- Declaro que el senhor, dá me um documento, por favor, está loco em querer ser professor; pero que puedo facer. Ciudade. Data. Firma e Carimbo.

Cheirando a cigarro, saiu de lá rindo.

SABIÁ

Foram à praça. Combinaram de não levar celular. Desligar das telas. Essas coisas. Rebeldia de meia idade. Sentaram num banco. Já não se conheciam mais. Nem sabiam onde colocar as mãos. Silêncio.

Ela apontou pra um sabiá no gramado. Sorriu. Os sabiás faziam-na sorrir. "Gosto desses carinhas. Não sei se são barrigudos ou super fortes. Com um peitoral de cantor de ópera. Só sei que não malham as pernas". Riram os dois. "Não sei o que você vê neles", pensou alto.

- Sério, Célio. Não sabe?

PASSARALHO

Enquanto pensava, rabiscava pirocas. Era piroca no canto de todo caderno, livros e papéis avulsos. Um dia, numa iluminação artística, desenhou um pássaro piroca: o passaralho. Passou a se orgulhar dele. Até fazia pseudo interpretações psicanalíticas de seu desenho para fingir erudição aos colegas. Vez ou outra alguém zoava: para de ereção! Digo, erudição! Os amigos riam.

Noutro dia, o filho viu o desenho. Achou graça. Que pássaro engraçado, comentou sorrindo. Qual o nome dele?

Misto de orgulho e vergonha, só conseguiu perguntar "que nome acha que ele tem?". O menino pensou e disse que não reconhecia. "É o passaralho", disse o pai. O menino não riu. Continuou pensando. Não sacou a piada. "O que andam ensinando pra esses guris na escola? Não se fala mais de formação de palavras por aglutinação?", raciocinava carrancudamente.

Do nada o menino começou a rir e apontar com o dedo:

- É um caralho voador!

Pronto. Essa piroca vai voar longe.

LOBIJAIME

Toda sexta-feira o Jaime sumia. Saía pra trabalhar pela manhã, mais perfumado que o normal. O que já não era pouco. E só voltava no sábado. Às vezes domingo.

Jaime gostava de noitada. Suruba, na verdade. Topava de tudo.

Uma vez apareceu só de cueca e um sapato. Teve que tocar a campainha da casa: estava sem chaves, sem carteira, sem vergonha. Na verdade estava orgulhoso.

- Vó, preciso de dinheiro pro táxi.

- Vai! Pague logo! Antes que as crianças acordem.

Era assim. Todo fim de semana. Até que um dia um dos sobrinhos perguntou no almoço.

- Cadê o tio?

A vó quase derruba uma conchada de feijoada no mais novo. Falhou a mão de nervoso.

- Ele sempre some.

- Sabe, seu tio é lobisomem. Some pra não atacar a gente.

Nem o pequeno acreditou.

NOME DE RUA

- Tá vendo essa rua aí?

Acenava que sim com a cabeça, o jovem.

- Foi um gramático.

- Sério que a essa rápida tem um nome de gramático? Legal!

Acenava que não com a cabeça, o professor.

- Pior coisa que deve existir é ser homenageado pelos seus feitos e do nada seu nome sumir. A ideia de nome de rua, de praça e de escola é perpetuar o nome do sujeito, oras!

Ficaram em silêncio, professor e aluno. Isso ainda ia corroer o sono deles.

ARMANDO

Frio dos diabos. Chegava a cair uma chuvinha fina, de espirro. Armando estava sentado na mesa do lado de fora. Sozinho. Acendia um cigarro de hora em hora. Às vezes nem chegava a fumar. Queimava até o filtro enquanto fitava a lua indo e vindo por entre as nuvens escuras. Comovido feito o diabo, acenou pro atendente. Conhaque. Nem precisava falar nada.

- Sério? Qual é a daquele cara? - perguntou alguém ao cara do outro lado do balcão.

- Poeta.

PÉ DE MILHO

O carro diminui a velocidade pra passar por uma lombada de estrada. No canto da lombada um pé de milho racha o chão. Uma espiga de milho insólita se dependura na planta e ostenta uma cabeleira loira crescente. O velho aponta com o dedo segurando o volante com a mão esquerda. O menino levanta o pescoço lemuricamente. Sorri. Vê graça. O velho só de canto de boca. Percurso segue em silêncio. Nem rádio ligaram.

- Meio Drummond a cena, né? - referenciava o menino.

- Hum ...

- A vida acha um jeito de brotar. - superficializava acrescentando.

- Olha, brotou porque um caminhão cheio de semente de milho transgênico passou por aqui pra plantar mais adiante e dar de comer pros bichos que você gosta de comer frito.

O guri silencia. Tenho muito que aprender com o velho. Silêncio segue até o velho dizer:

- Bizarro, né?

LÁZARO

A neta entra na cozinha. Nem puxa a cadeira, a vó cantarola bolo e café pra ela. A vó tá feliz, pensou. Deve ser o frio. Férias de inverno dos netos.

- Feliz, vó? Dormiu bem?

Ela era só uhuns e sorrisos.

- Sabe, filha, adoro o frio. São pelo menos dois meses sem o Lázaro tentando me comer. Véio maldito!

O arrastar da pantufa corta a cozinha.

TREZE POR QUATRO

Não me olhe assim. Tô queimando os piolhos aqui pra fechar esse verso. O primeiro verso, aliás. É difícil fechar nessa métrica. Queria o quê? Redondilhas infantis para ser lembrado pra sempre? Melhor escrever letra de música pop então! Queria mais o quê? Versos quebrados e cheios de parênteses pra escancarar os significados num pseudo-intelectualismo lírico brega? Avisem os poetas que toda palavra é outra palavra. As palavras são russas. Lindas matrioskas! Não dá mais. Difícil fazer direito esse troço! O Armando aqui não vai apelar! Escrever vários o-quês até formar uma interrogação não é pra mim. Exclamação: Ah! Imagina o ponto? Vão escrever cu. E com acento! Pra parecer pixo da década de 90. Cadê o verso? O por dizer? O por escrever? Porra! Tô falando sozinho ou pensando alto? Tô sozinho. Frio do caralho.

RATOS NO JARDIM

Olhava a rua pela janela. Sentia o movimento urbano nas ondas sonoras compassadas do semáforo. Entre silêncios e escapamentos de motos rasgando o ar parado, havia uma presença no jardim. Vultos. Debaixo da Coroa de Cristo, andavam de um lado pra outro. Ratos, pensou. Ficou ali quase imóvel até ser aceito pela paisagem e eles se deixarem aparecer. Era uma pequena turminha. Três ou quatro se alternavam dando cobertura uns aos outros. Sua espinha esfriou e os movimentos peristálticos pararam a ponto de dar um brio na barriga. Lembrava da cena de tortura de 1984. Preciso fazer algo. Fechou todas as janelas mais cedo. Dormiu rodopiando, incomodado. Não era medo. Era uma sensação estranha. Já pensou eles dando uma voltinha aqui dentro de casa? Na manhã seguinte saiu cedo dos lençóis e foi buscar soluções. Na loja de materiais de jardinagem não existiam mais as ratoeiras de metal. Isso é antigo e pouco eficaz, dizia o rapaz que pelo coque samurai nunca havia armado uma ratoeira na vida. Ofereceu caixas de plástico para controle de praga e um quilo de veneno. Isso aí dura um ano tranquilo. Levou. Fazer o que né? No jardim, instalou as caixas e pôs-se a fitá-las diariamente. Sem ratos, sem corpos e odores, o jardim segue com a Coroa de Cristo. Imóveis, as caixas compõem a paisagem. Hoje pela manhã, um pardal pousou sobre ela. É o máximo de poesia que o plástico trouxe ao jardim.

À MÁQUINA

Estava escorado na escrivaninha do quarto. O braço por sobre a mesa travesseirava a orelha esquerda enquanto o indicador direito batia de leve uma tecla da máquina de escrever. Tão leve que não marcava página em branco. A máquina não andava. Não faria plim de jeito algum. O mais velho entra no quarto pé por pé. Voltava de uma balada. Clandestina.

- Vá dormir na cama, ô.

- Num tô dormindo.

- Escreve, então. Gastou uma grana nisso. Agora usa. - importunava o irmão.

- ...

- Sem ideias?

- Levei esporro da mãe. Barulho a essa hora atrapalha ela.

- Só falta o medo das pernas no bonde pra ser poeta.

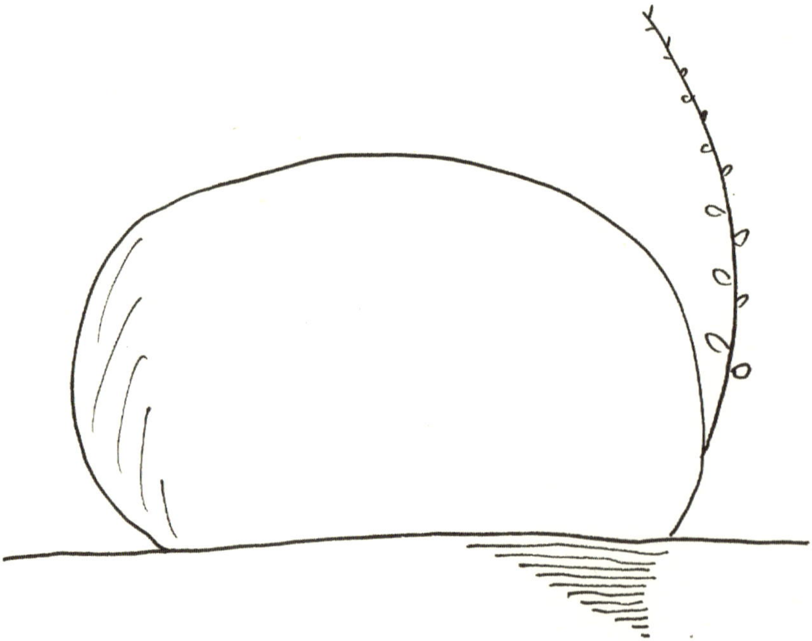

FAZ POSE!

Saiu faceiro do sebo. Meio desajeitado, colocava a câmera antiga no pescoço. Não quis levar filme. Fica tranquilo, amigo. Tenho uns em casa! Desconversava ao vendedor. A ideia era descobrir o que as pessoas falavam aos fotógrafos. Pesquisa pra um livro novo. Atravessou o centro da cidade desajeitado com a câmera no pescoço e com a bolsa de mão de couro. Parou perto do prédio da Reitoria da Universidade Federal. Ali sempre tinha gente parada, conversando. Lugar fácil para descarregar 36 poses, pensava. Fingia que tirava fotos de uma árvore e depois do céu. Vou ficar aqui até ser abordado.

- Oi, Cris! - disse uma voz familiarmente debochada.

- Filha, já falei que não gosto de ser chamado assim. Chama de pai ou até mesmo véio. Mas Cris não rola.

Conhecera poucos Cristóvãos na vida, Mas nenhum era Cris.

- Que que tá aprontando? Você não sabe fotografar.

- Não é nada.

- Sei.

Enquanto isso, uma turminha de estudantes se aproxima. Ele rapidamente começa a falar e empunhar a câmera:

- Vai, vamos aproveitar. A luz aqui está ótima!

A filha faz uma cara de interrogação e diz meio baixo, meio envergonhada:

- Que é isso? Fingir que vai tirar foto? Essa é nova pra mim! Que que quer eu faça?

- Faz que nem eu tô fazendo: faz pose!

PREVISÃO DO TEMPO

Rubens adora ver a previsão do tempo. Não pelo tempo. Mas pelas garotas do tempo. Um dos dramas da sua vida foi ver a presença de garotos do tempo nos telejornais. Aquilo não fazia o menor sentido pra ele. Mas notava que eles não duravam. Pensava em subir hashtags no tweeter contra isso, mas achava que podia pegar mal. Imagina um grande escritor ficar conhecido por odiar garotos do tempo nos telejornais? Não queria ficar famoso por isso. Preferia ser pouco conhecido mesmo, como todo escritor em vida.

Um dia apareceu uma garota nova. Enquanto informava a previsão da capital como quem dava anúncios paroquiais, nada lhe chamava a atenção. Mas ele conhecia o script e seu coração já começava a palpitar. Logo ela passa pra imagem de corpo inteiro pra ver se anima essa missa, pensava. Ao passar às explicações da formação de sistemas de baixa pressão, a moça caminhou até o mapa e apontou. Apontou com a mão esquerda. Um sorriso lhe surgiu no rosto duro de quem escreve romances policiais sangrentos.

A euforia baixou e a tristeza invadiu novamente o peito, como se um garoto do tempo tivesse aparecido naquele telejornal. Quem vai superar uma garota do tempo canhota?

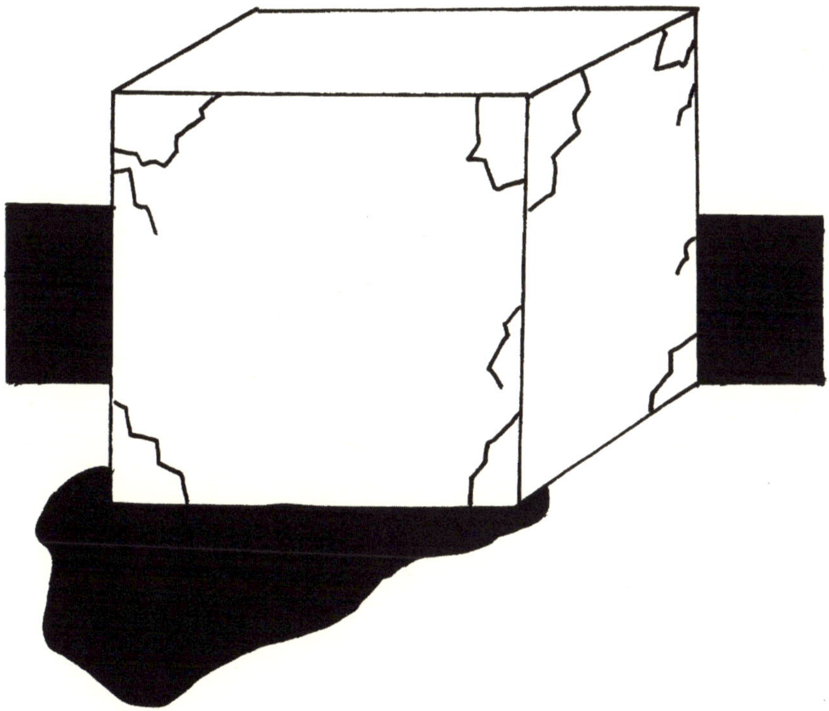

OMOPLATA

"Vamo lá fumar?", perguntou já indo. Fui atrás dizendo que sim com a cabeça. Eu não fumo. Mas ter amigo escritor tem dessas: pra ficar com o cara, tem que acompanhar na marquise enquanto ele fuma. O cara nem sai de casa. Quando sai, é bom ficar junto.

Dia quente de início de primavera. A chuvarada da virada da estação deixou tudo mais úmido que o habitual e o calor deixou as coisas mais grudentas e pegajosas. Fiquei imaginando como estava o apartamento do Rubens. Pra ele ter saído de casa, devia estar mais inabitável que o normal.

Falando em normalidade, estávamos em silêncio. Era isso que fazíamos. Ficávamos juntos olhando as pessoas, o movimento. Pouca prosa. Acho que é esse o meu talento enquanto amigo do Rubens. Ele devia gostar disso em mim. Sem ficar trocando olhares ou cobrando uma conversa ininterrupta, não havia silêncio constrangedor. Daqueles que mostram que a amizade já não é a mesma.

Enquanto ele acendia o segundo cigarro, passou por entre a gente uma moça com uma roupa de veraneio: shorts curtos e blusinha sem manga. Havia três meses que estávamos encapotados de roupas de frio. O movimento dela trouxe brisa no nosso silêncio.

- Viu? - perguntei.

- Uhum.

No meio da tragada, Rubens perguntou.

- Você viu a omoplata dela?

- Omo o quê?

- É. A saboneteira. Às vezes esqueço da sua limitação vocabular.

Ri dele. Quase pedi um cigarro.

- Rubão, você é uma figura!

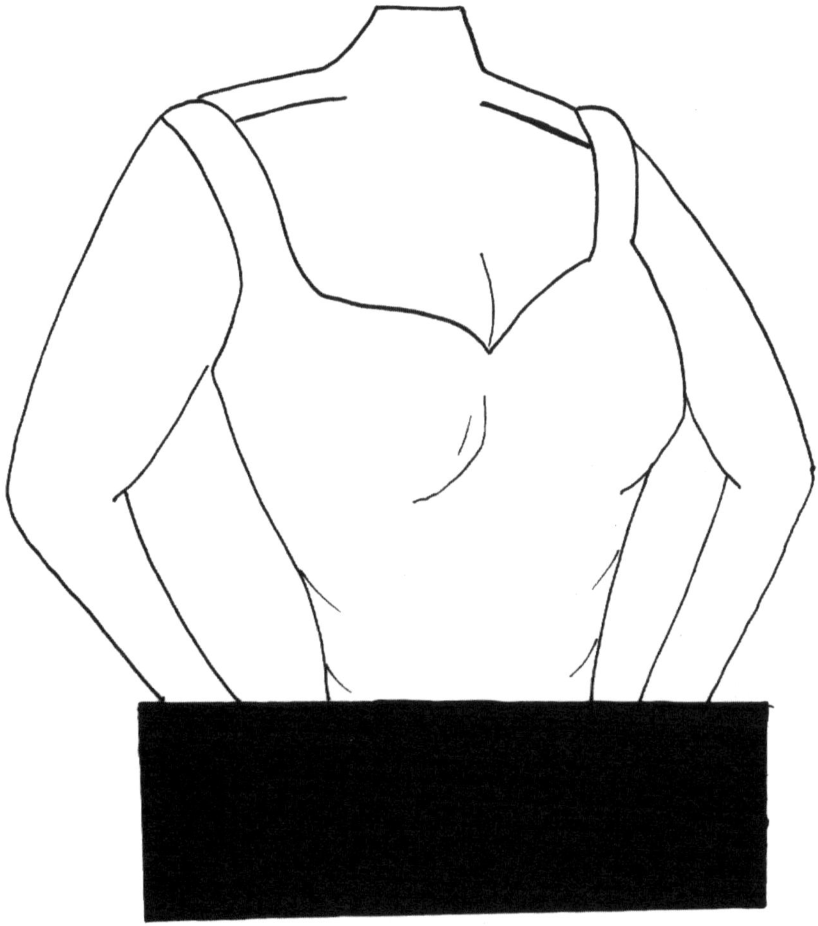

ÚLTIMO BEIJO

Mas sincero. Frio como um último beijo. Mais frio que o habitual. Frio. Pensava nisso enquanto a mão segurava o rosto dele e aproximava um beijo. Acabou e é isso. Não há o que entender. Os motivos são meus. Não estou pedindo que você entenda. Mas foi coisa demais. Leva a frase pro seus amigos, pra terapeuta, pra puta que te pariu. Mas só assim pra você começar a entender. Claro que é. É piegas? Então, morreu. Já viu uma flor morrer mesmo sendo regada diariamente? Acabou mesmo. Acabou. Está acabado. Melhor: nem adianta dizer. É particular e pouca coisa há para dizer. Nem entenderá. Não entende. Ele não entendia.

ROLO DE PAPEL HIGIÊNICO

Brigavam há horas. Já haviam gritado um com outro. Praguejado outro com um. A disputa conjugal ali era tensa. Ninguém cedia. E mesmo o pedido de desculpa não funcionava. Ambos achavam que essa estratégia era frouxa. Era não querer conversar. Exaustos, um olhou para o outro naquele estado lamentável e teve vontade de xingar a mãe, o pai, os primos, os irmãos, os pets da família. Mas se conteve. Para que isso não lhe corroesse as entranhas, falou a primeira coisa que viu à frente:

- Seu ... rolo de papel higiênico!

Silêncio houve. Com um riso de canto de boca, retrucou:

- Claro! Você me usa da pior maneira! Meu coração! A única parte reutilizável disso é esquecida e jogada junto com as suas merdas no lixo! Vá te catar!

O silêncio permanece. Com uma certa diversão no ar.

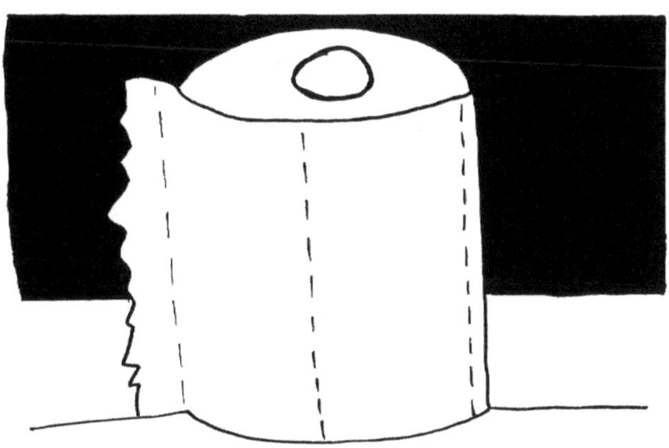

CARLOS

Lá da recepção da repartição se ouvia "O seu Carlos já chegou?".

- Acho que sim. Tô vendo a cadeira puxada!

Estava no café. Sozinho. Era o quinto da manhã. Ouvia um murmurinho lá na frente da repartição. Isso significava que era hora de voltar ao posto de trabalho. Isso não significava que iria rapidamente. À passos lentos, como quem conta os minérios de uma rua de brita, atravessou o corredor fazendo ecoar a sola do seu sapato. O nariz apontava a luz amarela e fraca da sala de uma maneira vampiresca. Deixou o copinho de plástico na mesa e foi até o balcão.

- Pois não?

- Tudo bem? Preciso protocolar esses processos. Quando posso passar retirar para encaminhar pra próxima instância?

- Daqui 21 um dias. - respondeu consultando um calendário com um filhote de cachorro carregando um cesto de baguetes.

- Sério?

- Pois é, sou só eu. Estamos com falta de pessoal.

Retornou a sua mesa com a pasta de documentos e a acomodou na pilha com outros processos atrasados. Naquele dia não deu cumprimento aos prazos. Precisava terminar um poema.

ERA UMA MENTIRA

A moça já estava na frente da pia quando a mãe entra na cozinha cantarolando fora do tempo “All night long”. A moça finge naturalidade com esse bom humor. Em seguida o velho adentra a cozinha e dá um beijinho na testa seguido de "bom dia, filhota". Bom humor geral. “Que será que esses andaram fazendo pra estarem assim de boa?”, pensou. Melhor nem pensar. Sempre mantralizava essa frase quando essas imagens que nem psicólogo consegue apagar chegavam à mente.

A moça aproveitou a saída dos pais pra ir ao candomblé escondida. Pais caretões não aceitariam a filha única ser filha de Iansã. Caiu um trovão e ela mandou um “Santa Bárbara!” no melhor estilo pagador de promessas. Os pais se olharam com certo orgulho. A catequese deu boa! Dizia o sorrisinho deles.

Esperou os dois saírem trabalhar e foi olhar as câmeras do prédio. Saíram separados, em carros separados. Voltaram separados, em horários separados. Não precisava ser detetive. Tudo aquilo era uma mentira.

CALOR

Pensava no calor enquanto abanava a camiseta preta. Tentou pegar um pouco da sombra do poste, mas não rolou. Logo abriu o sinal e atravessou a rua. Preciso chegar logo, mas não posso andar mais rápido que isso. Vou chegar mais suado ainda, pensava. As gotículas de suor já se acumulava na lombar e estavam prestes a escorrer pelo rego: corguinho da bunda. Parou na outra esquina e suspirou. Torcia para que nuvens se contorcessem em sua direção e fizessem uma sombra momentânea. Nada disso. Sol e mais sol. O azul do céu até lhe nauseava.

Faltando uma quadra pra chegar ao escritório, seu estado era lamentável: o fundilho da cueca podia facilmente ser torcido. Parou na esquina e queria mandar sua consciência ecológica pras cucuias.

Mas um pé de vento lhe bateu na bunda e subiu pelas costas molhadas. Chegou a inflar a camiseta, engordando-o uns três quilos visíveis à olho nu. Não ligou. Respirou e sorriu de olhos fechados.

FRIO

Tocou a campainha e já foi entrando. Pra variar, a porta estava aberta.

- Ufa! Aqui dentro tá quentinho! Lá fora tá um frio de gelar o cu!

- Rubens!

O cara sempre esquecia do sobrinho. Regularmente mandava uns palavrões pra desespero da irmã. A cria já se desenvolvia meio capengamente e aumentar o vocabulário com palavrões não estava nos planos daquela mãe.

- Trouxe?

- O quê?

A casa estava quentinha. Forno ligado esperando o açúcar que ela pediu pra ele trazer. Precisava terminar o bolo e o irmão era a única possibilidade. Pra variar, ele esqueceu.

Fez um sinal com a mão pra ele olhar o sobrinho. Saiu pisando nos calcanhares. Bateu a porta. Tio e sobrinho se olharam. Até o âncora do jornal parou de falar.

Não deu cinco minutos, a porta abre e ela está de volta. Rosto rosinha de vento.

- Já?

- Tá um frio de gelar o cu.

JAMIL

Acordou com passos próximos às orelhas. Prenúncio de dia tranquilo. Quando a manhã já começava com alguém tropeçando sobre ele não era bom sinal. Virou pro outro lado pra tentar dormir mais um pouco. Logo sairia o sol e o sono ficaria mais quentinho. O rosto se apertou na pedra solta. Um caminhão passou na rua e fez tremer a cabeça na pedra. Melhor levantar. Mesmo um corpo habituado a viver contra as pedras sofria com a trepidação de toneladas a diesel. O nariz que já não ocupava o lugar habitual cheirou o chão. Pedra fria e seca. Bom sinal. Sem chuva dá pra ficar tranquilo.

Meio rastejante, sentou-se na pedra da marquise. Se espreguiçou pra dentro e ali ficou até alguém lhe dirigir a palavra:

- Fala, Jamil!

- E aí, meu jovem!

Passava a vida naquela quadra. Às vezes sumia. Voltava de banho tomado, roupas limpas, barbeado e cabelo cortado. Não se sabia nada dele.

Os meninos passavam por ele. Davam-lhe um trocadinho pra cachaça. Alguém sempre cedia um cigarro. Até que sumiu de novo. Passei por lá esses dias. Vi a pedra e estava ocupada: um jovem equilibrava uma pedrinha numa latinha. Vidrado, trocou olhar comigo. Nem me viu, na verdade. Acho que Jamil foi expulso da vida de novo.

ROUPAS NO VARAL

Subiu vagarosamente seis lances de escada carregado de sacolas de roupas lavadas. Baita esforço pra um sedentário. Mas estava feliz. Além de ter as roupas com cheiro no sol, teria uma satisfação mais íntima: cuecas secas no sol não encolhem. Só quem teve uma leva de cuecas secadas numa máquina sabe o quanto os testículos sofrem até todas as cuecas serem utilizadas e lavadas novamente. Subiu ofegando e assobiante.

Chegou lá em cima com pouco fôlego e suor querendo minar na testa. Enquanto não houvesse um veio escorrendo pelo rego estava tudo bem. A luz do sol quase o cega, mas era só esperar que logo se acostumaria. Andou cambaleante até o varal do terraço compartilhado. Quase sempre estava sozinho ali. Mas às vezes tinham mais roupas penduradas. Esse dia era desses. Quando isso acontecia, toda a penduração de roupas era diferente. Imagina verem meus trapos aqui? Imagina verem as calcinhas da minha mulher? Era um impasse: envergonhar-se ou ostentar as confortáveis calcinhas da esposa? No fim das contas equilibrava as coisas. A camiseta preta definia a pressa de parar de fritar no sol e isso ajudava na tomada de decisão. Quase sempre utilizava um pendurador de plástico com prendedores e deixava as cuecas no meio protegidas por uma volta macia de calcinhas. Não adiantava muito, as cuecas esgarçadas sobravam por baixo. Fazer o que, né?

Desceu satisfeito com o serviço doméstico realizado. Afinal, estendera tão bem as camisetas que era só dobrar e guardar. Sem precisar passá-las. Entrou no apartamento satisfeito e foi recebido por um "que demora". Respondeu desconversando:

- Tava pensando coisas pras aulas?

NAS COXAS

Estava na marquise terminando de pintar o cigarro do intervalo. Que merda não poder mais fumar na repartição, pensava. Na esquina, apontou um cego. Sempre que notava a presença de um, ficava atenta pra constatar se eles mascavam chicletes. Sempre achou que a personagem da Clarice via coisas. Sua epifania era não ter chicletes nas bocas dos cegos.
O cego se aproximou dela rapidamente. Com a bengala bem ativa, avançou intrépido numa velocidade que ela jamais havia constatado. Ele se aproximou rapidamente dela e numa fração de segundos decidiu não dar bom dia pra não assustá-lo.
Tentou se esquivar de uma bengalada se espremendo contra a parede. Tomou uma na canela e o reflexo do moço foi subir um pouco mais a bengala e deferir um golpe na altura da coxa da moça. As cânulas assobiaram. Ardeu. Deve ter feito um vergão, pensou. Segurou o gemido de dor e ficou ali meio que saltando. Como se a dor passasse com esses espasmos corporais. Assim que ele chegou até a esquina, esperando o sinal fechar para atravessar a rua, a moça se permitiu suspirar. Imediatamente, ele parou. Virou só o pescoço em direção dela e disse um desculpa aí.

BIGODE

Acordou de ressaca. Aquela dor de cabeça só não era maior que o vazio que sentia no sorriso superior. Puta que o pariu! Perdi o dente e nem sei como? Pensou ao olhar aquela cara inchada no espelho.

Lavou o rosto e achou melhor tomar um banho. Água fria pra despertar e tomar. Quando acordava de ressaca, tomava litros durante o banho mesmo. Saiu do box e molhou todo o banheiro enquanto se enxugava.

Foi até o quarto, colocou um shorts e tomou uma decisão: deixarei o bigode crescer. Assim ninguém vê o que falta. Dinheiro curto, os bicos mal davam pro aluguel. Ia ter que ir morar mais longe. O centro estava caríssimo. Sumiu por um mês e meio. Passou à arroz.

Na primeira saída:

- E aí, sumido! E esse bigode?
- Gostou?
- Demais, Paulo!

Aceitação imediata. Confiança plena no visual novo. Sentiu tanto orgulho na solução que até poderia escrever um livro de autoajuda. História de superação. Essas baboseiras. Ficaria rico. Não sairia do centro. Compraria o apartamento locado de que tanto gostava. O projeto nem entrou no papel. Foi interceptado por doses a mais para dentes a menos.

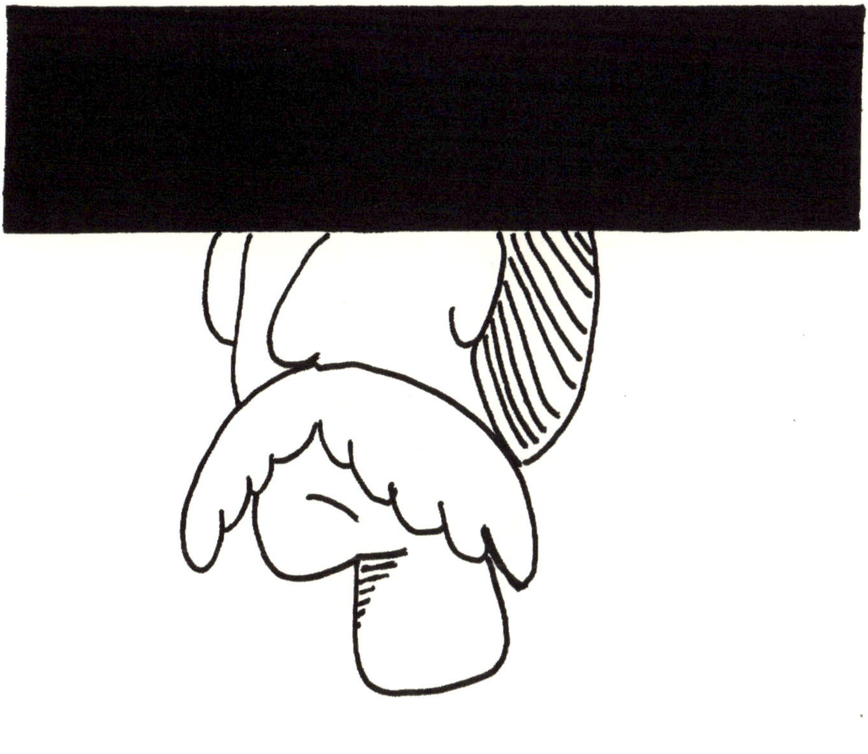

DEMASIADAMENTE HUMANO

Revirou-se na cama. Notou que a hora já estava adiantada. Havia um murmúrio nas ruas que entrava junto com os raios de luz pela veneziana. A luz lhe ardia a vista. Tentou coçar os olhos, mas isso urticava ainda mais os olhos. Credo! Parece que tem areia nos meus olhos. O que será que me aconteceu?

Aquele ser não conseguia entender o que lhe acontecera. Acordar sem poder sequer abrir os olhos, não podia ser algo bom.

Espreguiçou. Notou que tinha apenas quatro membros e diversos dedos em suas extremidades. Não acreditava naquilo. Criou coragem, sentou na cama. Sem poder abrir os olhos caminhou cambaleante até o espelho. Por entre os cílios visualizou seu reflexo. Havia se tornado um homem demasiadamente humano.

NÃO, HOJE NÃO

Aquele "Não, hoje não" dela cortou a sala. A chave recém colocada na fechadura balançava o chaveiro com uma foto antiga dos filhos. Eram quase sete da noite e a missa não podia esperar por eles. O senhor não sabia se saia só ou se voltava pra dentro de casa. Nunca lhes havia passado uma negativa dessa. Um simples não daquela senhora fez a Terra parar de girar ou até mesmo girar um pouco retrogradamente.

Ela sentou na poltrona meticulosamente colocada em frente da TV e apertou o botão vermelho do controle. Deixou num desses programas de domingo. Volume baixinho. Relaxou.

Ela olhou para a cara do marido e levantou uma sobrancelha como quem diz "ou caga ou desocupa a moita". Aquele senhor não entendia nada. Fechou a porta com cuidado. Trancou-a. Sentou no sofá que mal permitia ver a TV e ficou olhando pra aquela mulher que ele não reconhecia mais. Ela vira pra ele e levanta a outra sobrancelha como quem diz "perdeu o cu na minha testa". Ele olhou pra baixo desviando o olhar. Decidiu levantar e fazer algo pra comer. Trouxe um chá para ela. Ela adora chá, lembrou ele.

URSINHO DE PELÚCIA

Se conheceram pela internet. Trocaram fotos. Se encontraram uma vez numa praça de alimentação dum shopping. Pra segurança de ambos, afinal. Ela tinha uma webcam. Coisa cara na época. Ela deixava ligada enquanto trocavam mensagens de texto pelo computador. Celina era linda e escrevia muito bem. Pontuações que não deixavam dúvidas em nossas conversas. Um dia deu de falar atrevimentos e as coisas ficaram quentes. Uma mulher linda e inteligente daquelas toparia de tudo comigo. Sonhava.

Um dia ela balançou a cabeça e uma mexa do cabelo esvoaçou. Deu pra ver um ursinho de pelúcia em cima da cama. Ora, essa mulher deve esconder um vibrador ali. Amava essa segurança que ela transmitia. Estava apaixonado.

Noutro dia, foi convocado a conhecer o apartamento dela. Celina o recebeu com um beijo na boca. Assim já quebramos o gelo, querido. Ela tinha razão. A noite seguiu tranquila, cheia de flertes, vinho e frutas. Seguido de amasso no sofá e beijos andando até o quarto. Ele sentou na cama e ela disse que já voltava. Deitou e viu o ursinho. Pegou pra tirar a dúvida. Não havia zíper no fundilho do bicho. Uma mensagem bíblica enfeitava o bumbum do bichinho. Perdeu a magia na hora. Para a história deles acabar precisaria antes começar.

ÚLTIMA DO DIA

Parou no semáforo. Última entrega do dia. Estava equidistante da sua casa e do destino da entrega. 5 quilômetros pra cada lado. Sereno pesado começando a cair, embaçando a viseira. Acelerou a moto pra manter o motor ligado. Foi o canto do cisne.

Pega o celular e liga pra pizzaria, pensou. Mas a apalpada no bolso já denunciou que aquela noite não era pra amadores. Respirou fundo e saiu do meio da rua. Achou uma marquise e foi ali respirar mais um pouco. A moto sem a ajuda do motor é pesada demais. Parou, coçou a cabeça e se deu conta que nem a pizza poderia comer ali: lacto-intolerante sem lactase e sem celular. Que bosta de dia.

ABDUÇÃO

O pai entra na sala e vê o filho vidrado na tela. O guri joga como se estivesse em realidade virtual: fica de pé, chuta, desvia a cabeça, levanta e abaixa o controle a todo momento:

> - Poxa, faz seu serviço direito! Desse jeito a gente vai morrer de vez. Vai! Isso aí! Agora é só andar! Vamo que vamo! Viu, que que é? Cada coisa hein? Tá. Eu não! Capaz que você já foi abduzido? Que diabos um extraterrestre ia querer algo com você? Nem bonitinho você é? Rá! Rá! Rá! Eu? Já falei que não! A antena de celular é aqui perto. Eles não conseguem chegar. Mas quando dá lag, é eles se aproximando. Esses dias sumiu o gato da vizinha. Levaram. Só pode. Bora atacar!

Parado no batente da porta, o pai torcia para que eles estivessem falando sobre extraterrestres. Não tem como entender esses jovens.

VELHO NA JANELA

Parei pro meu cachorro fazer xixi na moita entre um terreno baldio e um recuo de garagem. Lugar complicado de deixar o cachorro urinar: pode aparecer alguém e reclamar. Eu estava atento olhando para um lado e outro. O cachorro começou a se aliviar depois de dar três voltas em seu próprio eixo. Olhei pra cima: um velho só de cueca e roupão ocupava a janela que ia do chão ao teto. Logo ali, no primeiro andar. Gelei. Vou tomar um esporro desse velho. Quando me dou conta, o miserável do cachorro começa a cagar. Pela força que ele está fazendo, pode demorar. Tensão cinematográfica: consegui me abaixar e logo que ele terminou a obra de arte contemporânea dele, ensaqueia-a. Levantei como se nada tivesse acontecido, fingindo uma espreguiçada. Segui andando, meio arrastando o cachorro. Mal deixei ele arranhar as patas na calçada. À medida que eu avançava, consegui ver melhor o velho: semi nu, de pé na janela, olhava uma conta de luz. Meu esforço valeu a pena, pensei. Poderia ter sido a gota de bosta naquele dia de merda daquele senhor.

BRAÇAÇO

Topou ir ao encontro às cegas pra dar uma força pra amiga. Fez um doce pra valorizar a ação em prol da amizade. Mas não iria recusar. O fogo no cu do jovem é algo a ser estudado. Se arrumaram e foram. Encontraram os moços num bar. Eram bonitos. Pelo menos isso a amiga não mentiu. O sujeito que seria o par dela era caladão. Fumava, ria bastante das piadas, mas falava pouco. Conversaram, beberam, fumaram, dividiram uma batata em quatro. Todo mundo fazendo pose. Decidem ir embora, mas repetiriam a dose.

- "Vocês estão de carro, né? Levamos vocês até lá!" - disse o comunicativo.

Ele já foi mais à frente e enganchou na cintura da amiga. O caladão foi mais lentamente e foi encostando o ombro nela. Ela se deixou aproximar. Que mal faz trocar uns beijinhos, pensava. O casal da frente chegou ao carro e trocaram um beijo. Essa era a hora. O caladão deu um puxão nela. Surpresa com a força, não havia como se proteger daquele braçaço. Deixou-se beijar: o primeiro do casal. Aquele braçaço foi o maior gesto de carinho que ele fez por ela.

FORNIDA

Luiz Fernando era um mala. Gostava de se gabar que "era Luiz Fernando mas não era o Veríssimo. Embora a fosse verossímil que fosse Veríssimo". Mala. Intelectualmente mala. Às vezes eu o chamava de Luiz Fernando Guimarães. Ele odiava o humorista. A não ser a imitação dele de garça. Fez até um gif daquilo pra mostrar às pessoas.

Enfim, ele adorava o Veríssimo. Até tentou aprender a tocar sax e a gostar de jazz. Dizia que gostava, mas não gostava. Todo mundo sabia. O seu maior problema era ter colocado em seu vocabulário a palavra fornida. Sempre que alguém elogiava uma mulher pelos seus atributos físicos, dizia que era uma mulher fornida. Só pra causar estranhamento e em seguida derivar de forno. Mala, pois.

Um dia passou uma beldade pela repartição. Ele falou o seu tradicional fornida ao Souza, que tinha o azar de dividir a baia com ele. A moça voltou e perguntou:

- Fedida?

- Não! Forni...

- Fudida?

- For. Ni. Da.

- De forno?

- Isso! - derretendo-se.

A moça colou na cara dele e deu de dedo em riste:

- Vai elogiar o corpo da sua mãe!

Empurrou a cadeira de rodinhas e ele bateu na parede. Silêncio sepulcral na repartição. Até alguém dizer:

- Tudo bem aí, Luiz Fernando Fornido?

MÚSICA DE RÁDIO

Parou o carro na garagem. Ligou o rádio pra matar o tempo, pra criar coragem. A noite anterior tinha terminado estranha. DR mal resolvida é complexo. Na verdade, Antônio Carlos não entendeu a conversa. Decidiu dormir pra não ter que debater. Mas não tinha entendido. Buscou alguma estação de rádio. Até achar um som de guitarra familiar: PJ Harvey!

Aquele som era inconfundível: limpo, baixo e cru. Em seguida, entrou a voz melancólica de Thom Yorke. Que canção! Qualquer outra pessoa cairia numa fossa em sintonia com aquela sonoridade. Antônio Carlos passou o dia na fossa, amargurado. A tristeza sonora o chacoalhou. Que tipo de confusão esses dois se meteram pra terem helicópteros perseguindo-os? Ele não havia passado por nada daquilo. Achou que poderia resolver as coisas. Proporia tudo: Paula Juliana, vamos casar! Ter filhos! Prometo vender o jeep e comprar um sedã.

A música já havia passado e mais duas fecharam o bloco. Respirou fundo e desceu do carro. Subiu até o apartamento. Decidido. Naquele dia, descobriria que tristeza e frustração são os frutos da expectativa.

PINGO

"Olhem só quem chegou?" disse o pai carregando um cachorrinho. As crianças todas vieram em polvorosa. Já tinha nome. O abrigo o chamou de Pingo. A esposa sorriu ao ver as crianças alegres. Três semanas que a tristeza corroía todos. O luto pelo sumiço do tio abalava todo mundo. Pingo era levado e logo foi explorar o quintal. As crianças o seguiam gritando "Pingo! Pingo!". Enquanto isso, foi até a esposa. Deixou-se ser abraçado e ficou vendo o corre-corre. A esposa até deitou a cabeça no peito dele. Satisfeita.

Do nada, um grito: Pingo achou um dedo! O pai foi na direção do cachorro e tirou aquilo da boca dele.

- Isso é um pedaço de madeira! Que dedo o quê? - desconversou.

A esposa abaixou a cabeça e engoliu o luto em silêncio. No seco.

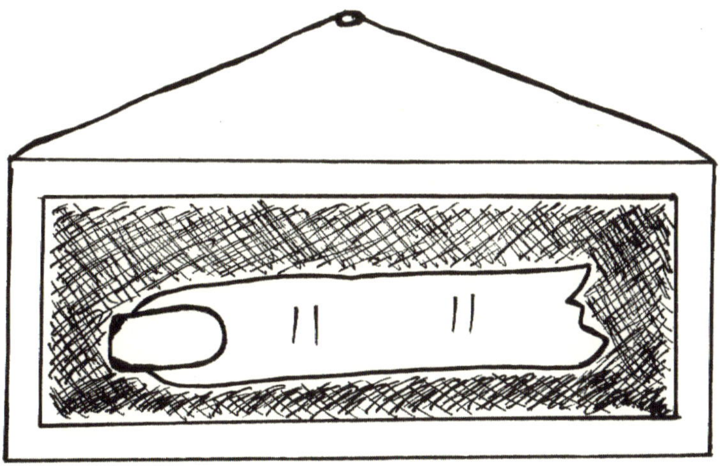

LOSNA, BOLDO, CARQUEJA E CANELA

Acordou passado das 9. Propositadamente não queria encontrá-lo pela manhã. Quem em sã consciência não entenderia o que ela dizia? Antônio Carlos era tapado demais. Não pegava as entrelinhas. Não notava nada. E o pior: quando se via sem entender, sentia sono. Literalmente, Paula Juliana o mandou dormir.

Levantou e tentou conduzir o dia. Não precisava ir trabalhar. Decidiu usar o banco de horas pra pensar no que faria. Mal comeu. Os enjoos a estavam deixando péssima. Dormiu mais um pouco e acordou decidida. Não contaria nada e não teria filhos. Não era a hora. Pelas 15 horas decidiu tomar todo tipo de chá que havia em casa. Losna, boldo e carqueja em litros. Não satisfeita, tomou remédios com bebida. Caiu no chão da sala. Levantou-se e quase caiu pela janela enquanto tentava pegar um ar. Deitou novamente. Só acordou com o som do jeep desligando. Aquele motor tremia o prédio todo. Sem forças pra levantar, com medo e frio, pedia que ele subisse logo. Ele demorou.

SONECA DE VINIL

Passou a tarde revirando lojas de usados atrás de caixas de som para uma vitrola. Se atreveu a entrar no Mercados das Pulgas. Sempre relutou em entrar no lugar porque só de pensar no nome já vinha uma certa coceira. Sabe quando alguém fala sobre piolho e você imediatamente começa a coçar a cabeça? Então, era isso que acontecia com ele. Mas Gabriel apertou os cintos e criou coragem. Logo na porta viu que a coceira viria por conta da sua rinite. Havia muita poeira por lá. E muita coisa legal.

Depois de perder uns bons minutos olhando uma caixa de controles remotos de aparelhos de TV, videocassetes e DVD, seguiu até a ala cheia de caixas. Perdeu bem uma hora e meia no local até achar um par que coubesse no armário. Testou ali na loja e atestou que estavam suficientemente funcionando, mesmo fanhas.

Voltou pra casa, limpou-as e fez a instalação. Colocou numa estação de rádio e estavam funcionando adequadamente. Foi até a estante, tirou o vinil de Simon e Garfunkel. Pegou a filha no colo e começou a embalar a criança. Notou que ela estava com sono. Decidiu deitar junto com ela. Sonzinho de fundo acalantando a família toda naquela soneca de vinil.

ROGER

Rogério era fã de Supertramp. Sabia todas as músicas. Tinha todos os discos. Sabia tudo sobre a banda. Seu maior orgulho era se chamar Rogério. Sua maior decepção era não ser apelidado de Roger. Por mais que insistisse em se chamar assim, não conseguia adesão dos demais. Pior: não tinha apelido algum. Nem Cebola, nem Cabeça ou Barriga. Nada disso. Na família não era nem Rô. Sua vida era uma constante formalidade. Rogério, o almoço está servido! Rogério, aceita um café?

Buscou auxílio jurídico. O bacharel disse que era difícil mudar o nome. Afinal ele não passava por constrangimentos. "O senhor seguirá como Rogério pro resto da vida", finalizou a consulta.

Essa frase ficou em sua cabeça por todo a caminho de volta pra casa. Até voltou a pé. Estava triste e andar lhe faria bem. Parou na frente de casa, respirou fundo e entrou. No quarto, planejou o ritual fúnebre do seu velório. Nos dias seguintes, passaria no cemitério, marmorista e tudo mais. Morto, seria enfim Roger.

NO MÉDICO

Lázaro foi ao médico. Escondido. Homem é um ser primitivo e tosco. Não se cuida e não vai ao médico. Mas quando o calo aperta, vai.

Marcou um clínico geral. Não sabia muito a qual especialidade ir. Chegando lá, cheio de dedos, disse que as coisas não andavam bem. Pressão e coração bons depois do exame do médico. "Saúde de ferro, seu Lázaro!". O médico pediu uns exames de sangue pra fazer um check up, afinal não é sempre que um homem aparece por livre e espontânea vontade num consultório médico.

Meio aflito, com aquele bando de papel, Lázaro diz:

- O doutor não vai me receitar nada?

- Mas o senhor está bem! Vamos esperar o retorno daqui quinze dias.

Lázaro não aguentou. Soltou de uma vez só um suspiro resignado, daqueles de baixar os ombros:

- Como que eu lido com essa maria mole aqui, doutor?

REPÓRTER NOVO

Chegou à casa do entrevistado. Estava empolgado, mas tentando disfarçar. Era a sua primeira pauta profissional. Carteira assinada. Entrevistou a família que morava numa curva do trilho do trem. Ingenuamente pensava que a reportagem sensibilizaria os telespectadores sobre a condição de insalubridade sonora. Os entrevistados foram demais. Receberam-no com bom humor e até contaram anedotas sobre os amigos e os parentes que já haviam se assustado com o trem às duas da madrugada. O que ele não sabia era o que a edição ia fazer aquela família passar depois que a matéria fosse ao ar.

CRIATIVIDADE ZERO

Estava desolado. Fazia uma semana que Armando chegava ao bar no mesmo horário e sentava na mesma mesa: lado de fora contemplando a lua, o sereno, o frio. Era uma semana tentando iniciar um verso pra limar e aparar. Até então era só sofrimento. Fim de noite era o de sempre, a dolorosa chegava cheirando a conhaque. Na última noite da semana arregou e queria pendurar. O garçom sentou e queria saber o que passava. Armando explicou com aquela retidão que todos bebum acha que tem. Acha. Milton, 28 anos de labuta nos botecos, mandou logo enquanto levantava e saía:

- Entendi. O problema é que você está com criatividade zero.

Aquilo emputeceu Armando. Quis levantar e tomar satisfação. Mas nem isso conseguiu. Aceitou, afinal o Milton havia deixado pendurar a daquela noite. Um poeta não lida com a inspiração, praguejava quieto. Levantou e seguiu andando até a casa. Escandiu mentalmente "criatividade zero". Redondilha maior. Mas será o Benedito? Será que virei poeta de redondilha? Chegou em casa e escreveu. Era alguma coisa.

NA FARMÁCIA

Lázaro foi à farmácia sozinho. Disse que ia levar o cachorro passear, mas queria só aproveitar pra comprar um remedinho pra lidar com sua situação. Deixou o cachorro preso na grade na rua pra fazer a compra. Mal entrou, empacou: farmácia super clara e ampla; dava pra ver todos os atendentes. Nenhum homem; só mulheres. Que vergonha! Foi até a gôndola de sabonetes pra se recompor e esperar algum homem aparecer. Nada. 10 minutos se passaram e nada. Nenhum atendente; nenhuma coragem.
Ouviu o cachorro latindo e lemuricamente levantou o pescoço mais alto que a gôndola. Era a esposa mexendo com o cachorro e entrando na farmácia:

- Ué? Você na farmácia?
- Pois é, lembrei que faltava sabonete.
- Sério? Comprei ontem.
- Aquele me dá coceira.

Foram ao caixa juntos. Lázaro mais pra baixo que nunca: sem remédio e com sabonete ruim.

VOCÊ ME ASSUSTA ÀS VEZES

Casalzinho anda pela calçada. Ela enfiada no sovaco dele e as mãos entrelaçadas sobre o ombro. Andam em silêncio; só curtindo. A moça para e olha pro vão entre dois prédios do outro lado da rua. Contempla. O rapaz olha e vê no vão um edifício grande ao fundo. Novo, mas de gosto duvidoso.

- Bonito o prédio, né?

- Nem vi o prédio. Tava olhando o vão entre os prediozinhos.

Depois que ela disse, o rapaz notou: 6 andares de paredes bolorentas com algumas janelas encarando umas às outras.

- Que legal morar num desse hein? - comentava a moça.

- Será?

- Seria como viver dentro de um poema do Bandeira.

- O do beco?

- É! Antes o beco que Profundamente ou O Bicho.

O rapaz concordou e confessou:

- Você me assusta às vezes.

TRABALHO DE CAMPO

A campainha do apartamento tocou. Rubens fez que não ouviu e não atendeu a porta. Ultimamente, só a zeladora do prédio tocava a campainha. Não devia ser nada urgente. Deixou quieto. Continuou deitado no sofá do escritório. Fumando. Buscava ideias pra um conto.

Após uns três cigarros decidiu levantar e arejar a cabeça. Recolheu o lixo da cozinha e do banheiro e desceu até a garagem pra depositar na lixeira. Voltando ao apartamento, deu de cara com a zeladora no meio do caminho.

- Oi, seu Rubens. Chegaram esses jornais pra você nesses últimos dias.

- Ah, tá. Obrigado.

- Credo, o senhor lê esses jornais. Se torcer, sai sangue até. Cê é loco! - finalizou fazendo um sinal da cruz.

- Já estão velhos, né? Vou levar pra um amigo usar com os cachorros. - desconversava.

Pegou os jornais e decidiu ir perto da lixeira fumar mais um cigarro. Enquanto ficava ali, com os jornais debaixo do braço, o vizinho do 707 chegou com revistas e um livro pra jogar fora no reciclável. Rubens só de olho nos exemplares enquanto cumprimentava o vizinho: olhos miúdos no meio de uma tragada.

O livro caiu na lata e ressoou. Ele não era de julgar livro pela capa, mas capa dura colorida chama a atenção. Acendeu mais um pra fazer o 707 sair logo. Foi até a lixeira e viu: um tratado de anatomia. Sem pestanejar, debruçou-se no latão e pegou o livro. Saiu andando o mais rápido que um chinelo de dedo permite. Ao começar a subir as escadas, a zeladora:

- Que isso, seu Rubens? Deu de revirar lixo agora?

DONA CELESTE

Apontei na praça no dia da feira. No geral, pouca gente. Uma fila chamava a atenção na barraca do peixe. Fui chegando e lá estava dona Celeste. Fazia a tradicional mandinga dos pesos:

- Por favor, pesa esse pedaço ... é muito. Pesa aquele ... é pouco.

Assim fazia toda vez que ia à feira. Ela pouco se importava em monopolizar a atenção da peixeira, em fazer fila, em conseguir o pedaço ideal pra não sobrar ou desperdiçar.

Naquele dia, não achou o pedaço. Agradeceu e seguiu. A dona da barraca, com paciência de pescador asiático e bom humor de feirante em dia de sol, mandou logo um pois não ao próximo da fila:

- Foda, hein! - resmungou o cara antes mesmo de fazer o pedido.

Eu lá de traz notei o sorriso amarelo da feirante. Respirei fundo, olhei pra dona Celeste. Na barraca do lado, estava ela lá benzendo todos os alfaces até achar o ideal. Sem pressa. Sem se importar. Plena.

JOÃO CARLOS

Iniciava todas as suas intervenções comunicativas com "veja bem". Quem o conhecia, sabia que ele dispararia alguma opinião radical. Era um radicalismo por preciosismo. "Onde já se viu tomar caipirinha de vodca? Tem que ser de cachaça!" era uma constante dos churrascos.
Um dia João Carlos conheceu uma moça que o deixou boquiaberto. Até os amigos estranharam. Nunca o haviam visto tão pacífico: cão de companhia! Mas um dia ele ia dar com a língua nos dentes, diziam.
A moça pediu pra ir ao restaurante japonês. O "sou louca por comida japonesa" dela soou mal agourento. Afinal, João Carlos sim era louco por comida japonesa. E era praticamente um daimiô nos preciosismos nipo-gastronômicos. Mas estava apaixonado. Faria de tudo pra não estragar o romance.
Sentaram e ela sem ler o cardápio já pediu uma saquerinha. Ele, um chá verde quente. Na volta ela já pediu sushi com cream cheese e, é claro, uma porção de sushi quente com goiabada. Até hoje, esse é seu combo japonês predileto.

CARLA

Conheceu um cara diferente. Cara de inteligente e muito cordial. Carinhoso como um cão, pensava.
Notou que ele se posicionava pouco. Pareciam gostar das mesmas coisas, mas tudo já era demais. Resolver arriscar improbabilidades pra ver até onde ia aquele amor canino. Testou sorvete de tamarindo, rafting, patinação artística e pedal rural no domingo.
Carla não sabia mais como testá-lo e, num ímpeto de falta de criatividade, mandou um sou louca por comida japonesa. Chegando ao restaurante, pediu uma saquerinha pra se embriagar e tentar comer aquilo. Lendo o cardápio, decidiu pegar algo com cream cheese e algo doce pra contornar o peixe cru. Até hoje, esse é seu combo japonês predileto.

POSSO?

Jamil nem sempre estava só. Pontualmente havia pessoas conversando com ele. Quase sempre a pessoa de pé e ele sentado na sua pedra: mão com cigarro sobre a perna cruzada. Mas às vezes havia alguém sentado ao lado, conversando, compartilhando da cachaça. Coisa rara.
Um dia passei e, após mandar um "fala, Jamil!", vi um rapaz se aproximar e começar a conversar com ele. O rapaz segurava uma sacola e um cobertor surrado enrolado embaixo do braço. Segui em direção à rua XV. Resolvi minhas coisas. Na volta, o sujeito ainda estava lá. Quando passei por ele, ouvi um "oh, meu jovem" jamiliar. Dei com a mão e parei pra atravessar a rua. A cidade fez silêncio nessas pausas dos semáforos para pedestres e eu ouvi:

- Posso posar aqui hoje?

MANÃ

Sérgio estava bravo. Sábado era dia de acordar cedo, lavar o carro, ir ao açougue e organizar um churrasco interminável até a noite. O domingo era reservado ao sono e à cura da ressaca. Naquele sábado, a filha decidiu trazer o namorado pro pai conhecer. Por mais que tivesse licença poética pra recebê-lo alcoolizado até a medula, não queria chatear a filha. Passou o dia resmungando e utilizando seu xingamento predileto: Zé Oreia. Xingou por dentro, afinal havia tensão no ar. Ouviu várias vezes no dia "não me vá fazer vergonheira, pai!".

A noite chegou e Sérgio estava sóbrio. E bravo. Tocou a campainha e a menina correu abrir a porta: Caco, você chegou!

- Caco?

- Oi, seu Sérgio. Carlos. - estendeu a mão.

- Tudo bem. E você? - respondeu notando a orelha esquerda abanando.

O rapaz entrou e, super comunicativo, já emendou que era Carlos José. Só ela que o chamava de Caco.

- Todo mundo me chama de Zé.

Oreia, pensou Sérgio. Não sopravam ventos auspiciosos sobre aquela noite. A conversa seguiu e Sérgio até conseguiu esquecer a orelha do rapaz. Numa das levantadas pra olhar o celular na cozinha, tropeçou no cachorro e foi xingá-lo. Quando foi mandar um Zé Oreia, parou no z. A consoante soou mais alta ainda dado o silêncio de todos.

- Sai pra lá, seu manã!

- Manã? Que isso, pai? Nunca ouvi isso?

- Ora, falo o tempo todo. Vocabulário do interior.

- Que que é?

No meio da saia justa que ia se vestindo, disse:

- É o mesmo que nhantã.

- O quê?

A menina fuzilou o pai com um olho e com o outro tentava ler o que aquilo significava. Deixaram quieto após o "preciso ir ao banheiro" de Sérgio. O rapaz até apareceu uma vez mais até sumir de vez.

- Que fim teve o Caco, filha?

- Não deu certo. Era meio manã, pai.

O COELHO

"Olha lá, filho. Um coelhinho bonitinho!", dizia o pai apontando com o dedo. A criança tão logo viu o coelho, pulou no colo da mãe.

- Filho, olha que bonitinho. Encosta nele.

- ...

- Olha, que pelo macio! Branquinho!

- ...

- Deixa ele, Mário. Não tá a fim.

O pai tomou aquilo como baldinho de água fria. Que mal pode haver num coelho? Do colo, por cima dos ombros da mãe, a criança via os olhos vermelhos do coelho acompanhando até eles virarem a esquina.

SURF MUSIC

O rapaz passou a manhã lustrando aquela guitarra. A namorada chega na porta do quarto, encosta no batente da porta:

- Surf music né?

- U-hum! - orgulhoso de vê-la se interessando.

- Tipo Jack Johnson?

- Não! Tipo Dick Dale. Tarantino. - explicava carinhosamente. Estava calejado dessa pergunta.

- Você surfa?

- Não!

Na verdade, o rapaz nem sabia nadar. E viver longe da praia impossibilitava criar mais vínculos com a beira mar.

- Você tem que entender que na verdade é uma busca por uma sonoridade. Uma sonoridade surf. Entende? - teorizava.

- Não.

- Tô buscando um som aquático. Como se os meus amplificadores estivessem debaixo da água.

- Como se o Aquaman estivesse tocando guitarra no fundo do mar?

- Pode ser. - aceitou a brincadeira dela com um leve sorriso.

- Mas o Aquaman surfa?

- Desisto de você!

ENIGMASCOPE

Novela inspirada no disco "Enigmascope: Temas Compostos e Executados pelos Retrofoguetes, Vol. 1".

AGENTE DUPLO

O som oco das chaves caindo na tigelinha de barro ao lado da porta seguido do "cheguei" alegre e envolvente não revelaram o que havia sido a última semana na agência.

- Cansado, querido?

- Muito! Essa vida de comércio exterior é um inferno! Ainda torço para que as empresas adotem reuniões à distância!

- Esse dia ainda chega!

- Tomara!

A filha pula no colo e ele sente a dor no braço ainda das vacinas e tratamentos dados para curar em tempo recorde as feridas de todas as lesões da semana. Beijo no rosto e aquele olhar sem medo que toda criança tem.

- Tá feliz?

- Tô sim, filha. É bom estar em casa.

E vivo, pensou enquanto cheirava a cabeça da pequena. É difícil ter essa vida dupla.

SUPERSÔNICA

Uma reunião de emergência é convocada e todos da equipe ligada ao agente especial Urutu são acionados às pressas. Quase que sincronizadamente, todos chegam ao lobby do edifício Regina e entram no elevador que, ao fechar, abre o espelho e todos atravessam ao fundo secreto da construção. Aquelas paredes antigas e tombadas pelo patrimônio histórico guardavam em seu íntimo salas e mais salas ultrassecretas e *high tech.* Carlos já esperava todos pela tela de reuniões.

> - Olá a todos. Sejam bem vindos! Infelizmente as notícias não são boas. O projeto da Supersônica foi roubado. Peguem os arquivos sobre a mesa e partam em busca dos arquivos do projeto. É uma corrida contra o tempo. Conto com você e sua equipe, agente Urutu.

Silêncio sepulcral na sala de reuniões. Todos abrem os arquivos. Na primeira página, uma foto familiar dá vida à perseguição: El Víbora.

EL VÍBORA

Não foi fácil pegar aquele envelope. Deixar de lado toda aquela indumentária típica de anos de vilania pra utilizar chinelo, shorts jeans curto e uma camisa florida. "Cadê meu chapéu e meu sobretudo" ecoava como um mantra enquanto colocava o disfarce em frente ao espelho do esconderijo. Saiu da casa em direção ao boteco combinado em busca do tal envelope. Chegando lá, um tecladista dava o tom bagaceiro daquele lugar. Um senhor lia um jornal numa mesa alta. Um copo engordurado esquentava uma cerveja sobre a mesa. El Víbora encosta na mesa e diz:

- Tá ocupado?

- Pode chegar. Estou de saída. - disse sem olhar na cara.

- Aceita mais uma?

- Você vai oferecer milho pra bode?

El Víbora pede mais uma e enche o copo dos dois. O senhor brinda, agradecendo. Sem beber, deixa o jornal dobrado sobre a mesa e sai.

Ele pega o jornal e vê ali dentro: envelope lacrado. Coloca no bolso de trás, deixa 20 na mesa e sai tomando um copo de cerveja morna.

MISS CUBA

Urutu chama Miss Cuba pra consagrar seu disfarce.

- Precisamos ir até o Hotel Cruzeiro. Ele zarpa às 19h. El Víbora está fugindo do país nesse transatlântico.

Só uma bela morena com sotaque latino conseguiria tirar a atenção de todos para que ele vasculhasse a embarcação. Seu plano era infalível porque Miss Cuba realmente havia sido miss Cuba. Era uma verdadeira celebridade. Percorreu o mundo como miss e, é claro, como agente secreta da Ilha. O táxi os leva até o porto. Eles descem. Urutu sorri. Miss Cuba desfila em câmera lenta até o acesso ao convés. Por ali mesmo alguém a reconhece. Na cabeça de Urutu, um chá chá chá embala suas expectativas de agente secreto. Parte um do plano realizado com sucesso.

HOTEL CRUZEIRO

A dupla consegue chegar à acomodação. Miss Cuba vai direto ao banheiro pra uma ducha. Urutu revisa a planta do transatlântico e tenta acessar o sistema de hóspedes. É inútil, pois El Víbora jamais se cadastraria como El Víbora. O jeito é aproveitar o jantar pra tentar avistá-lo nas áreas comuns. Antes mesmo que ele percebesse, Miss Cuba já o esperava na porta. Linda e impecável, já tinha entendido o plano.

Do alto da escada que dava pro salão de jantar ouvia-se uma bossa tocada. Dia um de cruzeiro, pensou Urutu. O solo de flauta chamava atenção de todos e isso permitia que eles procurassem por El Víbora.

Num canto do restaurante, um garçom entregava um martini: sobretudo e chapéu emolduravam o fugitivo. Os dois se olham e nem acreditam.

- Bamos a esperar que vaya a la habitación.

Concordando, Urutu puxa uma cadeira pra Miss Cuba e, antes mesmo de se sentar, três garçons chineses pedem que eles mudem de lugar. Alegavam reserva.

Não se opuseram. Queriam evitar atenções desnecessárias. No caminho até a mesa nova, Miss Cuba para pra fotos e autógrafos. Mata-leão e pano com clorofórmio amolecem o agente Urutu e ele é levado até um quarto secreto.

HONG KONG A-GO-GO

Um tapa na cara faz Urutu acordar. Desgraçados! Clorofórmio lhe dava muita dor de cabeça e como odiava fita hellermann. Os chineses conversavam entre si e o agente tentava compreender por que estava sendo raptado. Em meio aos sons melodiosos da língua chinesa, Supersônica aparecia vez ou outra naquela agitação. A algazarra só cessou com um bater na porta que mais parecia um código. A porta se abriu e, cortando a fumaça, a figura de Mei surge. Aquele silêncio lhe gelou a espinha. Sabia que os métodos chineses para fazê-lo falar sobre a Supersônica e como encontrá-la poderiam lhe custar a vida. Era um daqueles momentos que todo agente especial sabia que passaria. Respirou fundo de olhos fechados. Ao abri-los, Mei lhe encarava respeitosamente. A última coisa que viu foi um gesto muito sutil com os olhos de Mei para um dos capangas.

SOTURNO

Urutu acordava de tempos em tempos. Sempre com um tapa na cara; quase que carinhosamente, em comparação com os socos nas costas que os capangas davam. O interrogatório já se estendia por três horas. Mei sabia que tinha que avançar na coleta de informações. Afinal, Miss Cuba estava à solta no navio e poderia a qualquer momento aparecer.

Mei resmunga algo. Mais uma vez um silêncio toma conta do recinto. Ele tira o paletó e começa a arregaçar as mangas. Até parecia um ritual, tamanha era a lentidão e a precisão dos movimentos. Mei assumia sua face mais soturna.

Estava na cara: ele entrará na sessão de pancadaria. A respiração do chefe chinês é forte e faz saltar todos os músculos do corpo. Urutu sente que poderia morrer ou, sem querer, entregar que o projeto da Supersônica está no navio nas mãos do El Víbora.

Antes de tomar a primeira porrada, o mesmo toque de outrora é feito na porta. O próprio Mei faz cara de dúvida. Os capangas olham pela janelinha da porta:

- Lady Lin.

- Lady Lin?

Mei faz um gesto de permissão e a porta é aberta. A filha do chefe entra na sala escura. Há cheiro de violência no ar. Todos baixam a cabeça. Sequer trocam olhares com ela. Ser pego tirando uma lasquinha da sua beleza poderia ser fatal. Ela abraça o pai e cochicha:

- Vocês estão cansados e não conseguirão nada. Deixem comigo.

Mais uma vez, um resmungo de Mei faz a sala esvaziar. Ele foi salvo pela filha. Odiava sujar suas mãos. Antes de sair, ele olha pra filha. Faz o mesmo gesto sutil com os olhos que ele fez para os capangas. Urutu respirava fundo pra mais um apagão.

TIC-TAC-BUM!

Lady Lin fecha a porta com o próprio corpo. O ruído da porta se fechando era macio e fez o corpo da moça parecer mais lindo ainda. O olhar dela penetrou na vista de Urutu e ele notou uma certa maldade no ar. Ela andou em sua direção e baixou o corpo deixando o decote quase encostar no nariz do agente especial. O movimento era lento e sensual, até eles terem os olhares trocados.

Num só golpe, Lady Lin rasga a camisa de Urutu. “Miserável, quer trocar a informação por sexo”, pensou. Teria que ser forte para não ceder aos prazeres proporcionados pela filha do chefe da máfia. Mas antes mesmo de ele começar a perder a cabeça, Lady Lin tira do bolso do sobretudo um embrulho. Ela coloca sobre o peito do agente e gruda com fita prateada. Abaixou-se novamente e disse ao pé do ouvido dele:

- Tic-tac-bum.

Lady Lin tinha certeza que o plano daria certo. Eram 5 minutos para que a situação se resolvesse.

ULTRASSECRETO

Lady Lin olha para o agente com um ar de deboche. Pega o celular, encosta na parede e começa a ver mensagens. Era o que ele precisava.

A última arma secreta desenvolvida pela agência era o Ultrassecreto. Era um implante que acionava funções do relógio. Além de indicar as horas, o relógio dissipava calor para soltar amarras e também disparava um nanodardo com sonífero. Urutu só precisava apertar o lóbulo da orelha no ombro pra iniciar a dissipação de calor.

Aproveitou um momento que Lady Lin deu as costas para ele e apertou a orelha contra o ombro. Imediatamente o calor começou a agir no pulso e as fitas se afrouxaram. Com as mãos livres, precisava ser muito rápido para mirar e atirar o nanodardo nela.

Lady Lin nota a movimentação e vem em direção a Urutu. Era agora ou nunca: ele aponta o pulso para ela e acerta em cheio o pescoço dela. Em segundos, a bela moça estava no chão.

Tirou as fitas hellermann dos calcanhares, com cuidado desligou a bomba e verificou se havia alguém na porta. Tudo limpo. Sua fuga está garantida.

MARTINI & CIANETO

A saída do QG chinês dentro do navio é difícil. Urutu precisou usar toda sua capacidade para passar por diversos sentinelas. Mas antes de sair, tinha que tentar sabotar os sonhos chineses de botarem as mãos na Supersônica. O agente consegue chegar ao quarto de Mei. O chefe dormia sozinho, com a supervisão de um guarda na porta, do lado de fora. Com o guarda no chão, ele entra sorrateiramente no quarto. A penumbra mostra uma taça de Martini na mesa de cabeceira da cama. Urutu, pé por pé, avança e coloca uma dose de cianeto na taça. Com isso feito, senta na poltrona. Acende um cigarro. Deixa a arma na mão. E espera Mei acordar.

IL SEGRETO

O barulho dos fósforos acordam Mei. Ele se senta assustado na cama e vê Urutu ali. Tenta disfarçar a surpresa e o medo de Lady Lin estar morta. Toma o Martíni num só gole. Urutu esboça um sorriso.

- Antes que você morra, saiba que a Supersônica está com El Víbora.

- El Víbora?

Em seguida, ele geme de dor. Sabe que vai morrer e pragueja:

- Malditos! Claro que você não entregaria o próprio irmão.

Mei tomba na cama: olhos vidrados em direção à taça de Martíni.

Urutu fica em choque com a revelação. "Como assim irmãos?", pensava. Precisava sair dali rapidamente e avisar toda a agência. El Víbora tinha que ser pego vivo.

CONEXÃO ISTAMBUL

Era uma corrida contra o tempo. Urutu chega ao saguão e Miss Cuba estava por ali. Aflita. Olhava a mesa que El Víbora havia jantado. Com o sumiço do agente, Miss Cuba o perdeu de vista. Sobre a mesa, só havia uma fotografia. Urutu a pega e diz em voz alta, raciocinando:

- Conheço essa foto ...mercado ... ruas ... sombras e espelhos ... Alex Webb ... Istambul. Precisamos ir a Istambul!

Os dois saem correndo até o convés. A equipe especial é acionada e um helicóptero os iça em questão de minutos. Os fãs de Miss Cuba acenam. Uma celebridade daquela poderia ser içada num cruzeiro. Eles seguem até a costa e de lá são levados até Istambul em um jato da agência.

Dias antes vagando pelo mercado de Istambul daria vantagem para encontrar El Víbora com vida. Foram 7 dias vagando e absorvendo as luzes e os odores daquela cidade.

Numa manhã, Urutu tomava um café. Enquanto mordia um cardamomo, vê El Víbora entrando. Sem pestanejar, levanta-se e já o puxa pelo braço; fazendo-o sentar.

- Você está com a Supersônica. E isso pouco me importa.

- Como assim?

- Precisamos conversar em outro lugar.

Saíram rapidamente. Numa esquina, foram surpreendidos: coronhada na cabeça. Urutu só viu o irmão caído antes de ter a cabeça coberta com um saco preto.

O HOMEM DE MOSCOU

A cabeça doía de desidratação. O estômago já desistira de roncar. Estava há dias com um saco preto lhe cobrindo a cabeça . Só sabia que estava sendo levado por russos. Os sons da língua russa eram inconfundíveis.

A tristeza lhe corroía a alma: Supersônica na mão dos russos e seu irmão poderia estar morto. Como assim irmão? Remoíam-lhe os nervos por não saber como isso era possível. O caminhão para e nota certa amistosidade na freada. Uma conversa começa, com risadas até. Ela é interrompida pelo som característico de uma pistola com silenciador.

Os guardas que o acompanhavam na carroceria se agitaram e, sem sombra de hesitação, saltaram para o enfrentamento. Foram abatidos um a um. Prática típica de um agente duplo. Respirava aliviado.

Uma pessoa entra na carroceria e arranca o capuz de Urutu. A vista demora a voltar a enxergar. Uma voz familiar lhe chama:

- Urutu! Agente Urutu!

- Carlos?

- A Supersônica está segura e protegida. Você precisa salvar o seu irmão.

Impresso em papel pólen 80g
no inverno de 2021